COISAS PRESENTES DEMAIS

COISAS PRESENTES DEMAIS

FLÁVIA PÉRET

/re.li.cá.rio/

Não adianta nem tentar me esquecer.
Roberto Carlos

Recepção **9** • Leão de chácara **10** • Alessandra **11**
Anjo da guarda **13** • Impostora **14** • Figurino **15**
A ponta do iceberg **16** • Folga **17** • Drauzio Cast **18**
Caverna **19** • Vozes **20** • Penso logo existo? **21**
3x4 **23** • Drauzio Cast **24** • Remédio natural **26**
Xodó **27** • Em estado de memória **29** • O topo
da pirâmide **30** • Bolsa de retalhos **33** • Campo
minado **35** • RG **36** • Camilo **37** • Léxico **38**
Brilho **39** • Violência colonial **40** • Futuros que
assombram **41** • Consulta **42** • Dia das Mães **43**
Caderno de notas **44** • Primeira tentativa **46** • Laços **51**
Invasões bárbaras **52** • Ponto cego **53** • Sigilo **54**
O retorno do recalcado **55** • Veneno ou remédio? **57**
Pecado **58** • Linha de fuga **59** • Camisa de força **60**
Mnemosyne **61** • Negacionista **62** • RG **63**
Oráculo **64** • Método **65** • Reflexo invertido **66**
Decadence avec elegance **70** • Jornada interior **72**
Tentação **73** • Feitiço **74** • Coroação **75** • Ato
falho **77** • Imaginário **78** • Pose **79** • Reflexões sobre
o material bruto **80** • Infraordinário **81** • Guarda-
-roupa **82** • Manias **83** • Contemporânea **84**
Educação pela pedra **85** • Desarticulação **86**
A doença **87** • A natureza é vodka **88** • Não sei **89**
Manias **90** • Lapso **91** • Clarão **92** • A doença
do esquecimento **93** • Melindrosa **94** • Saber
fotográfico **95** • Presença **97** • Máscaras **98**

Paradoxo **99** • Escrever **100** • Identidade **104**
Desmemoriada **105** • Curto-circuito **106**
Antiplatônica **107** • Dicionário do lar **108**
Crushes **109** • Caixa de Pandora **110** • Picuinha **111**
Peripécias **112** • Ciência popular **113** • Todo santo
dia **115** • Imunidade **116** • Imagem improvável **117**
Névoa **118** • Insustentável leveza **119**
Saudade **120** • Violência verbal **121** • A guerra
como metáfora **122** • Barthes e eu **123** • Sinal de
fumaça **124** • Negação **126** • Salto no escuro **127**
Consciência **129** • Deriva **130** • Montanha-russa **131**
Redemoinho **132** • Silêncio **133** • Plot twist **134**
Memória de elefante **135** • A vilã **136** • Auguste **137**
Traço **139** • Ficção especulativa **140** • Epifania **141**
Rebeldia **142** • Mãos vazias **143** • Mãos cheias **144**
Faísca **145** • Debutante **146** • Levante **147**
O caderno proibido **148** • Origem **149** • Imaginação
fértil **150** • Vitrine **151** • Contraluz **152** • Jardim **153**
M **154** • Restos **155** • Ruínas **156** • Herança **157**
Linhagem **158** • Profissão de fé **159** • Biografema 1 **160**
Doçura **161** • Brinquedos mágicos **164** • Cacos **168**
Arroz-doce com canela **169** • Veneno **170** • Capitu **171**
Biografema 2 **172** • Radionovela **173** • Um falcão no
punho **174** • Paixão **175** • Escarlate **176**
My favorite things **177** • Figurante **178** • Sobre fotos
ruins **179** • Arapuca **181** • Feminista **182** • Diva **183**
Agradecimentos **184** • Sobre a autora **185**

Recepção

As portas da casa de repouso se abrem automaticamente. Na primeira vez que fomos lá, meu filho perguntou se ali era um shopping. *Claro que não.* Minha mãe pediu para eu parar de chamar o lugar de asilo. Ela e os irmãos pagam 10 mil reais por mês para a avó morar ali. *Asilos não custam essa fortuna.* Depois me mandou o link de um vídeo no YouTube que explicava que a casa de repouso era um empreendimento inovador, pensado exclusivamente para pessoas da melhor idade. Um *apart-hotel* para velhos, com acompanhamento 24 horas por dia e uma equipe altamente qualificada para trabalhar com esse público. Geriatras, enfermeiros, neurologistas, psicólogos, nutricionistas, fisioterapeutas, animadores de festa. A avó está feliz. Ela joga bingo todas as manhãs.

Leão de chácara

Na entrada do prédio, logo após atravessar a porta automática, do lado esquerdo, no chão, foi colocada uma estátua de madeira. Parece um leopardo, mas também poderia ser uma leoa ou uma onça sem pintas. Não tenho certeza. Sempre que vou visitar a avó, me assusto com esse bicho, que é da altura da canela dos visitantes. Meu reflexo é fugir dali. Passado o susto inicial, continuo andando em linha reta. Quando tivermos mais intimidade, vou falar com Alessandra que acho de péssimo gosto colocar aquele bicho selvagem para nos dar as boas-vindas.

Alessandra

Espero, sentada numa cadeira de plástico, o anjo da guarda descer com a avó. A recepção tem cheiro de Veja Multiuso aroma maçã verde. O laranja da cadeira combina com o verde da maçã. Nos contos de fadas, as maçãs nunca são verdes. A de Newton era vermelha, a de Eva também. Todas as semanas, apresento orgulhosamente meu comprovante de vacinação: duas doses da vacina Astrazeneca e uma terceira dose de Pfizer. Alessandra, a recepcionista, veste um uniforme de crepe bordô e me explica que o sistema de som do parlatório está estragado. Já chamaram o técnico, mas, como é domingo, ele só poderá consertá-lo amanhã. Por causa do problema, terei de conversar com a avó sentada numa cadeira colocada a 3 metros de distância dela. A avó não vai conseguir escutar nenhuma palavra do que eu disser. *Preciso que você não tire a máscara hoje, por favor*, me pede Alessandra. Explico que não posso prometer isso, que se eu ficar de máscara a avó não vai me reconhecer. Explico que a avó me reconhece pelo sorriso. Além disso, gosto quando ela elogia meus dentes. A avó está com mania de dizer que estou mais alta, comenta que, quando eu era criança, não era alta desse jeito. Sem ver meu sorriso-propaganda, ela vai me confundir com minha irmã, com minhas primas ou com alguém que eu nem conheço, alguma mulher do seu passado, alguém que trabalhou com ela no posto de saúde. Naquela época, ela sempre voltava para casa reclamando do trabalho e, enquanto preparava o jantar dos quatro filhos, resmungava para as panelas: *odeio gente pobre.*

Anjo da guarda

Até se adaptar à nova moradia, uma funcionária acompanha os passos da avó. Continuo me recusando a chamar o asilo de casa de repouso e, muito menos, de *apart-hotel*. As funcionárias responsáveis pela adaptação são chamadas de anjos da guarda. Por lá, eles também gostam de reciclar o nome das coisas. O anjo da guarda da avó é sempre uma mulher.

Impostora

Os familiares estão proibidos de subir para os apartamentos. No primeiro dia, Alessandra me explicou que, com a nova onda do coronavírus e o aumento dos casos de influenza, os protocolos de segurança voltaram a ser rígidos. Enquanto espero a avó descer, um homem e uma mulher chegam à recepção, apresentam seus documentos e sobem. Antes que eu consiga sair da minha cadeira e perguntar *por que eles podem e eu não*, Alessandra se desloca do seu posto de trabalho, aproxima-se de mim e explica, com um sorriso constrangido, que aquele caso é uma exceção, a pessoa que eles vão visitar está acamada, e por isso foram autorizados a subir. Penso uma coisa, porém acabo, mais uma vez, respondendo outra.

Figurino

Se ainda se arrumasse sozinha, a avó jamais vestiria uma calça verde de malha com uma blusa florida, jamais abotoaria a blusa até o pescoço ou colocaria um casaco de lã por cima de tudo. Ela nunca gostou de vestir roupas largas, se esforçava para escolher peças que valorizassem seus seios perfeitos, resultado de duas cirurgias plásticas. Ela usava salto para ir à feira e também batom vermelho no dia a dia, além de brincos dourados, minissaias, cintos grossos que marcavam sua cintura fina, decotes, meias arrastão, paetês. Na minha formatura do ensino médio, quando o calor do meio-dia começou a esquentar o ginásio poliesportivo onde trezentos estudantes recebiam seu diploma de conclusão do curso técnico, a avó tirou o casaquinho de crepe preto que usava por cima de uma blusa também preta e transparente e revelou, para espanto dos meus pais, que estava sem sutiã. Na nova moradia, suas peças de roupa são largas e desconjuntadas. Nada combina com nada. Nos pés, sempre o mesmo sapatênis bege e sem graça. Se pudesse ver tudo isso, a avó ficaria furiosa.

A ponta do iceberg

Criado no século XVIII, o asilo é um modelo de negócios consolidado. Nos Estados Unidos, existem mais de 15 mil dessas instituições, onde aproximadamente 1,3 milhão de pessoas vivem. Sabemos que algumas dessas casas de repouso não só não possuem condições necessárias para prover cuidado e atenção adequados, como desrespeitam direitos humanos básicos. A qualidade desses serviços está, quase sempre, relacionada a fatores econômicos.

No Brasil, a porcentagem da população que pode pagar uma mensalidade de 10 mil reais para ter acesso a cuidados humanizados é ínfima. A previsão da Organização Mundial da Saúde é que em 2050 teremos 90 milhões de idosos no país.

Folga

Nesta semana, não poderei observar as roupas descombinadas da avó. Estou com covid. Vou aproveitar o tempo livre para pesquisar na internet sobre as causas do Alzheimer.

Drauzio Cast

Na linguagem popular, a palavra "demência" é sinônimo de loucura. Em medicina, "demência" é a palavra usada para indicar o declínio adquirido e persistente das múltiplas funções cerebrais. A forma mais comum de demência, em pessoas de idade, é a doença de Alzheimer, descrita em 1907 pelo neurologista alemão Alois Alzheimer. A doença se instala quando o processamento de certas proteínas do sistema nervoso central começa a dar errado. Então, surgem fragmentos de proteínas mal cortadas, tóxicas, dentro dos neurônios e nos espaços entre eles. A toxicidade dessas proteínas provoca a perda progressiva de neurônios essenciais para a linguagem, a razão, a memória, o reconhecimento de estímulos sensitivos e o pensamento abstrato. A doença de Alzheimer tem causa desconhecida. Parece haver certa predisposição genética para o seu aparecimento.

Caverna

Às vezes, quando estamos tentando nos comunicar, a porta automática do *apart-hotel para velhos* se abre e a avó olha em direção à rua. Nessa fração de tempo, suficiente para produzir um átimo de lucidez, ela me pergunta: *o que é aquilo lá dentro?*

Vozes

Começo a ler o livro que Tamara Kamenszain escreveu sobre o Alzheimer da mãe. Num caderno, anoto o seguinte verso: *ante um estado de coisas presente demais.* Sinto exatamente isso, que frente aos diversos esquecimentos da avó, minha memória se intensifica, como se, involuntariamente, eu entrasse numa espécie de estado de rememoração, no qual sou tomada por lembranças de diferentes naturezas e intensidades, como se eu, também, assim como Tamara, começasse a ouvir o eco dos fantasmas.

Penso logo existo?

Durante sua pesquisa de doutorado em ambulatórios médicos de neurologia e psiquiatria geriátrica, a antropóloga Daniela Feriani acompanhou pacientes com Alzheimer e seus respectivos familiares. Ela observou que são comuns relatos de que o doente está se tornando outra pessoa. Para compreender como essa transformação é socialmente percebida, dialogou com outros modos de entender e explicar certos fenômenos humanos.

A antropóloga explica que diferentes contextos enunciativos produzem diferentes versões e interpretações para fenômenos como loucura, alucinação e delírio. Se a partir do século XIX, com o surgimento da psiquiatria, foi possível compreender que a loucura não era produto de forças demoníacas, na transição de uma doença do espírito para uma doença do corpo, pouco se evoluiu na compreensão de experiências que se posicionam fora daquilo que o mundo ocidental convencionou definir como realidade.

Feriani nos lembra que processos alucinatórios estão presentes em diversos momentos da vida, e não apenas em casos de adoecimento. Para a biomedicina, a alucinação é percebida como patologia. Já para os diversos xamanismos, é signo e mensagem de outros mundos. Segundo essa perspectiva, sonho e alucinação podem ser compreendidos como processos de transmutação e trânsito entre o mundo visível e o invisível. Nas trocas entre humanos e não humanos presentes nesses processos, os fantasmas e as vozes não são interpretados como incorporação ou possessão, mas como dobra e, principalmente, replicação de uma pessoa que, na sua essência, é múltipla.

Feriani explica que não se trata de negar a materialidade da doença, o sofrimento que ela causa aos familiares e ao próprio doente, muito menos de negar a importância da biomedicina. Ao entrelaçar xamanismo e Alzheimer, entretanto, talvez seja possível entender por que uma doença que abala o pressuposto da racionalidade é tão temida.

3x4

Não sou mais a menina que, aos olhos da avó, não sabia se arrumar direito. A menina que não passava batom, que não gostava de salto alto, que parecia um menino quando cortava o cabelo curto, que nunca gostou de bijuterias e perfume. A menina desleixada, que não deixava a mãe lavar o tênis porque preferia ele sujo, que adorava vestir roupas largas, que não se importava com vestir o pijama do lado avesso. A menina que nunca telefonava para a avó. Nas minhas visitas, a avó olha para essa menina e não a reconhece mais.

Drauzio Cast

A doença de Alzheimer se instala de maneira insidiosa. Geralmente, os pacientes e familiares não se dão conta dos primeiros sintomas. A pessoa esquece onde deixou as chaves do carro, a carteira, o talão de cheques, o nome de um conhecido. Com o tempo, passa a largar as tarefas pela metade, esquece o que foi fazer no quarto, deixa o fogão aceso, abre o chuveiro e sai do banheiro sem tomar banho, perde-se no caminho de volta para casa. Caracteristicamente, esses esquecimentos se agravam quando a pessoa é obrigada a executar mais de uma tarefa ao mesmo tempo. A perda da memória é progressiva na doença de Alzheimer. Essa incapacidade para lembrar fatos recentes contrasta com a facilidade para recordar o passado. As primeiras habilidades perdidas são as mais complexas: manejo das finanças, planejamento de viagens, preparo das refeições. A capacidade de executar atividades básicas, como vestir-se, cuidar da higiene ou alimentar-se, é perdida mais tardiamente. O quadro degenerativo da doença de Alzheimer se estende às funções motoras. Andar, subir escadas, trocar de roupa, executar um gesto sob comando tornam-se atividades de execução cada vez mais difícil. A percepção das próprias deficiências, preservada no início, vai sendo gradualmente comprometida. Na fase avançada, os sintomas característicos do Alzheimer são mutismo, desorientação espacial, incapacidade de reconhecer faces, de controlar os esfíncteres, de realizar as tarefas de rotina, alteração no ciclo do sono e dependência total de terceiros.

Remédio natural

A avó dizia que moça menstruada não podia lavar o cabelo nem andar descalça no chão frio; nadar, então, nem pensar. Podia, entretanto, tomar uma dose de conhaque misturada com café, remedinho natural que, segundo ela, ajudava a atenuar as crises de cólica.

Xodó

Durante os últimos cinquenta anos, a avó dedicou-se a cuidar do seu quintal. O lugar era simultaneamente jardim e horta, e recebia o nome de terreiro porque é assim que as pessoas do interior de Minas chamam esses espaços localizados atrás das casas, onde coexiste uma mistura de pedra, terra, mato, canteiros, pomar e, às vezes, um pequeno galinheiro. Em parte domesticado, em parte selvagem, o terreiro da avó era resultado da sua dedicação em transformar qualquer recipiente – das latas de tinta Suvinil, sardinha e cerveja às de panetone e biscoitos amanteigados – em vasos de planta para avencas e hortênsias, gerânios, lírios, espadas de São Jorge, cravos, rosas, margaridas e muitas outras flores e plantas cujo nome desconheço. Além das plantas nos vasos, o espaço tinha algumas árvores frutíferas (limão capeta, laranja-da-terra, pitanga, mamão, romã), pezinhos de tomate e chuchu, e canteiros de temperos, chás e hortaliças (salsinha, manjericão, couve, alface-americana, cidreira, hortelã). As visitas não iam embora sem levar uma sacola cheia de limão, chuchu, tomatinho, couve, alface, alecrim, hortelã, cidreira, taioba, ora-pro-nóbis. Ela dividia com as filhas e com a vizinhança o fruto do seu trabalho com aquela horta. Os canteiros se estendiam até a parte em que o mato crescia alto e os pés de taioba se misturavam às bananeiras, impedindo os visitantes de enxergar o muro que separava a casa da avó da do vizinho. As crianças eram proibidas de cruzar essa fronteira, porque era dito que havia por lá cobras d'água. Penso que aquela horta era como um refúgio, onde ela voltava a ser, pelo menos um pouco, a menina que nasceu na roça e que tinha com as plantas uma relação vital. Embora a avó detestasse tudo que a fizesse lembrar de sua pré-história pobre, ela amava aquela horta e aquele cheiro de terra e fruta no pé.

Em estado de memória

Não me parece que estou narrando a perda da memória da avó, mas sim as minhas próprias memórias, exaltadas, iluminadas como se estivessem num palco, frente ao progressivo desaparecimento das dela.

O topo da pirâmide

Depois que a avó se aposentou, cismou que ficaria rica. Ela atravessou boa parte da vida tentando viabilizar esse sonho. Primeiro, abriu uma *boutique*, que funcionava na sala da sua casa. As roupas eram compradas em Belo Horizonte e revendidas na lojinha, em Mariana. A avó sempre detestou os diminutivos, e quando os utilizava era para destratar algo ou alguém. Ela preferia as palavras metidas a besta, como *boutique*. O negócio não foi para frente porque ela tinha pouca paciência com pessoas estranhas circulando na própria casa. *Gentinha.* A avó passou a vida xingando seus conterrâneos dos piores nomes e desaforos. Sua maledicência revelava um temperamento difícil e arrogante.

Depois que o negócio da loja não foi para frente, a avó virou sacoleira. Regularmente, viajava de ônibus até Foz do Iguaçu e atravessava a Ponte da Amizade para comprar mercadorias falsificadas no Paraguai, que revendia para as filhas e as amigas em Mariana. Eu e todas as minhas primas tivemos aquele famoso pente de cabelo com cheiro de rosas. Como não conseguiu ampliar a clientela, teve que mudar de ramo. A nova moda era o modelo pirâmide. A avó começou a vender detergentes biodegradáveis, sabão em pó líquido, desinfetantes de banheiro. Os produtos concentrados e ecologicamente corretos prometiam um rendimento superior ao dos produtos nacionais. Eu ainda não sabia muito bem calcular o custo-benefício das coisas, mas todas aquelas embalagens importadas, no banheiro da casa da avó, me faziam sentir chique.

Como última cartada, já que o esquema pirâmide também não deu certo, candidatou-se a uma cadeira na Câmara Municipal de Mariana. Ela se empenhou na campanha para vereadora e chegou a acreditar que o tempo trabalhando no posto de saúde geraria saldos políticos, mas a avó nunca foi uma pessoa popular. Muito pelo contrário. Antes de perder seu tempo com alguém, ela analisava seu interlocutor dos pés à cabeça. As pessoas eram classificadas em gente jeca e gente chique. A avó jamais tentou esconder seu nariz em pé, seus delírios de riqueza. Para piorar a situação, era extremamente bonita, o que a deixava ainda mais metida. Nas eleições, a avó teve apenas nove votos. Um tio fez as contas e descobriu que nem a própria família tinha votado nela. Graças a São Roque, eu ainda não votava.

Demorou alguns anos, mas a avó realizou seu sonho. Na virada do século, seu único filho homem, o único que não teve filhos, melhorou significativamente de vida. A avó viveu as primeiras décadas do século XXI tomando espumante nos almoços de família, usando perfume francês e viajando, todos os anos, para o exterior.

Bolsa de retalhos

No Youtube, Sylvia Molloy ainda está viva. Eu escuto sua voz. Ela caminha, com o auxílio de uma bengala, pelas ruas de Nova York. Vejo suas mãos segurando um livro pequeno, as unhas cortadas e sem esmalte, os dedos cobertos por dezenas de linhas que marcam a passagem dos anos. Os polegares pressionam o papel para que a página permaneça em seu lugar. Não vemos seu rosto; ouvimos, entretanto, sua voz: única e inconfundível, como todas as vozes. Sylvia Molloy lê um texto de difícil classificação, um texto escrito há pelo menos 22 anos e que se chama *Homenagem*. Ela começa enumerando nomes de tecidos: tafetá, popeline, seda, algodão, organdi. Enumera, depois, as lojas onde, no passado, sua mãe e sua tia compravam panos e retalhos. Por último, elabora uma espécie de glossário de termos que remetem ao universo da costura. Nesse texto, é a lembrança das vozes e das palavras que transporta a autora para o espaço da infância. Num quarto bagunçado, sua mãe e sua tia passavam o dia costurando, rodeadas de retalhos, enquanto Sylvia, criança, observava tudo aquilo. Esse relato autobiográfico, composto por apenas 25 linhas, parece conter a senha que me dá acesso ao modo como ela entende a memória: *pele de vozes perdidas no tempo*, fragmentos desencontrados, pedaços de acontecimentos, sobras, restos, retalhos.

Campo minado

É mais fácil escrever sobre avós do que sobre mães? Entre neta e avó parece existir uma fronteira mais segura, a distância entre dois corpos que não se misturaram totalmente. Um vínculo criado por uma fina camada de alteridade. É impossível, entretanto, esquivar-se da presença de uma mãe, observá-la com olhos estrangeiros, vê-la como uma estranha.

RG

A avó detestava o PT.

Camilo

O salão de cabeleireiro ficava no bairro São Pedro, em Belo Horizonte, embora a avó insistisse que ali era Savassi. Um lugar pequeno, com pouca ventilação e o ruído dos secadores, funcionando sem parar. Ela afirmava, no entanto, que era um salão chique, ao contrário daquelas *espeluncas* do interior, onde, segundo sua convicção, ninguém sabia fazer um corte decente. Ela pagava a passagem de ônibus das netas até a capital. Pagava também os cortes e o nosso lanche na Tia Clara. Lembro que minha irmã e eu sempre voltávamos para casa com manchas de nhá benta na blusa, no canto da boca e embaixo das unhas roídas. A avó estava disposta a pagar o preço que fosse necessário para que suas netas jamais fossem confundidas com aquelas meninas mal-arrumadas do interior.

Léxico

Jeca, brucutu, cacareco, capiau, espelunca, credo, bruaca, bocó, fedazunha, jacu, pedrobó.

Brilho

Era loira, sempre foi. Ainda hoje, seus cabelos são finos e levemente dourados, mesmo agora que vive naquele hotel para a terceira idade, onde os anjos da guarda não pintam os cabelos das hóspedes, mesmo não lembrando que o chá de camomila clareia o cabelo e que secar os fios ao sol ajuda a manter a coloração dourada. Mesmo sem lembrar que passou a vida tentando manter seus cabelos loiros e luminosos, os fios da avó ainda brilham.

Violência colonial

Yarumal é uma cidade colombiana cercada por montanhas e neblina. Cientistas afirmam que essa pequena localidade de 35 mil habitantes é o lugar com maior incidência de Alzheimer no mundo. Acredita-se que 50% da população local tenha chance de desenvolver a doença. Pesquisadores de uma universidade colombiana descobriram que cerca de 5 mil pessoas que vivem em Yarumal, todas pertencentes a um mesmo e gigante grupo familiar, herdaram de um colonizador espanhol, que chegou à região no século XVII, o gene responsável pelo Alzheimer. No passado, acreditava-se que a perda da memória era efeito de alguma bruxaria. O povo de Yarumal acreditou, durante séculos, que o Alzheimer era um castigo.

Futuros que assombram

Ninguém sabe explicar as causas dessa doença que, segundo a OMS, atinge cerca de 50 milhões de pessoas no mundo. Leio uma reportagem da BBC que conta a história de uma mulher inglesa, de apenas 27 anos, que se prepara psicologicamente para viver com o Alzheimer. Jayde Green tem os genes relacionados ao aparecimento precoce da doença. O pai dela foi diagnosticado quando tinha apenas 42 anos. Jayde tem um filho pequeno. No futuro, essa criança tem 50% de probabilidade de desenvolver a doença.

Consulta

Minha psiquiatra me explica que a memória recente é a mais afetada. Pessoas com Alzheimer têm dificuldade para se lembrar do que comeram na hora do almoço, mas podem se lembrar de acontecimentos do passado. Aposto nessa nova estratégia de conversa. Quando encontro a avó, tenho algumas perguntas na ponta da língua, iscas que vão restabelecer o laço da nossa história em comum. *Você se lembra do casamento da minha mãe?* Observo seus pequenos olhos. É por meio deles que entendo que ela não está mais aqui, mas também não sei dizer onde está. As pupilas movimentam-se rapidamente, parece fazer um esforço imenso para se lembrar. De lá para cá, seus olhos gaguejam, hesitantes, confusos, cansados, duas covas rasas. Depois de todo esse exercício, que dura menos de três segundos, ela me pergunta: *quem é sua mãe?*

Dia das Mães

Com a diminuição dos casos de coronavírus, a família conseguiu autorização para levá-la ao almoço do Dia das Mães. Eu estava preparada para encontrar a avó distante e suficientemente dispersa para não me reconhecer, como aconteceu nas últimas vezes que fui visitá-la, mas, quando cheguei, ela me olhou e disse: *demorou, Flavinha!*

Caderno de notas

Comecei a escrever este relato alguns dias após o aniversário de 91 anos da minha avó materna, em 2021. Por coincidência, eu estava na casa dos meus pais, em Ouro Preto. Ela mora em Mariana, cidade vizinha. Quer dizer, morava, porque desde janeiro de 2022 ela vive em uma residência para idosos, em Belo Horizonte, no mesmo bairro onde eu vivo. Em menos de seis meses, a vida dela mudou radicalmente. Com bastante receio, já que foi a primeira vez que entrei num ônibus desde o início da pandemia, decidimos, minha mãe e eu, passar o aniversário de 91 anos com ela. Ficamos o tempo todo de máscara, não tive coragem de abraçá-la, tomamos Coca-Cola diet e sem gás, comemos docinhos também sem açúcar e, um pouco antes dos parabéns, tivemos uma pequena confusão. Depois, minha mãe e eu voltamos para casa. No dia seguinte, aconteceu algo tão impactante que precisei começar a escrever para entender, pelo menos um pouco, quem é esta pessoa: minha avó. Esta escrita surge da necessidade de relatar esse acontecimento, ocorrido em setembro de 2021 na casa dela, um dia após seu aniversário de 91 anos. Até agora, a escrita tem sido insuficiente. Continuo sem entender.

Primeira tentativa

No dia 28 de setembro de 2021, minha mãe e eu saímos de Ouro Preto por volta das 15h30 e pegamos um ônibus, da viação Transcotta, em direção a Mariana. Na estrada, existe uma placa em que é possível ler a frase *Mariana, um presente do passado*. Segundo o Google Maps, são apenas 11 quilômetros de distância entre as duas cidades: *very close*. Penso que não.

Entramos no ônibus, pagamos 5 reais e 60 centavos, passamos a roleta e nos sentamos. Algum tempo depois, descemos no centro da outra cidade. Cruzamos a avenida principal, que agora tem semáforos e faixas de pedestres. Carros de mineradoras passam pra lá e pra cá, cruzamos com um policial sem máscara e com um senhor muito bêbado, também sem máscara, que se esforçava para fechar a braguilha da calça e quase caiu em cima de nós. A placa das lojas não combina com a fachada das casas, muito menos com o semáforo – e parece que as regras do patrimônio histórico continuam sendo descumpridas. Atravessamos o sinal verde, cruzamos a ponte do Ribeirão do Carmo, um rio minguado e sujo e, nessa hora do dia, muito fedorento. Lá dentro, dois homens com a água batendo na altura dos joelhos procuram alguma coisa. Minha mãe comenta que devem estar procurando ouro.

Saímos da ponte e caminhamos até uma floricultura. Olhamos todas as plantas. Nessa floricultura, os vasos de cerâmica são de plástico e os de plástico são de cerâmica. Decidimos comprar um lírio rosa que custou 75 reais. Eu achei caríssimo. Enquanto minha mãe pagava com o cartão de débito, filmei alguns peixinhos dentro de um aquário para mandar para o meu filho. Voltamos pela mesma ponte, onde os dois homens continuavam procurando alguma coisa. Dessa vez, só sentimos o cheiro forte dos lírios. Acabei me esquecendo de mandar o vídeo dos peixinhos.

Minha mãe observou que *quatro botões ainda estavam fechados.* Ela estava um pouco apreensiva, porque é difícil comprar presentes para a avó. Segundo ela, a avó nunca gosta de nada. É verdade. Cruzamos mais uma vez o semáforo e começamos a subir a ladeira que leva até o nosso destino.

Quando chegamos na casa da avó, ela disse: *Flávia Helena, você está mais magra! Flávia Helena, suas pernas estão mais compridas! Você está mais alta, você não era alta assim. Seus dentes estão tão bonitos!* Ela me perguntou diversas vezes onde estava o meu filho e depois colocou o vaso de lírios em cima da mesa da sala de jantar, bem ao lado das compoteiras de cristal, que agora ficavam vazias porque os filhos a proibiram de comer doce. Outro dia, ela saiu sozinha de casa, ninguém sabe como, foi até o vizinho e implorou que ele cozinhasse um doce para ela.

A avó sempre foi viciada em açúcar. Quando eu era pequena, a geladeira da casa dela era recheada de sobremesas, ao contrário da minha casa, onde doces eram proibidos. Ela fazia pudim de pão, manjar branco com calda de ameixa, pudim de leite moça, gelatina com creme, arroz doce com canela. Dentro das compoteiras, que ficavam espalhadas por toda a casa, ela guardava doce de figo e de cidreira, bombom de licor e bala delícia.

Durante nossa visita, a avó disse várias vezes que as flores estavam cheirosas e bonitas. Ela, que detesta todos os presentes, gostou dos lírios. Quando minha tia chegou com o empadão de frango e os docinhos sem açúcar, olhou para os lírios em cima da mesa e disse *que belezura*. Um pouco depois, apareceram duas parentes sem máscara. Pedi pra minha mãe pedir a elas que colocassem a máscara, mas como ela não teve coragem, inventei um pretexto e fui em direção à cozinha, queria evitar ambientes fechados com pessoas sem proteção.

Aproveitei essa pequena fuga para descer até o terreiro. Lia, a mulher que trabalha como cuidadora da avó, veio atrás de mim. Eu disse que a couve estava muito bonita! Ela perguntou se eu queria um pouco para levar para casa. Aceitei. Ela pegou uma faca na cozinha e começou a apanhar couve, um pouco de salsa e ora-pro-nóbis. De repente, a avó aparece na varanda da cozinha e grita lá de cima: *o que você tá fazendo aí mexendo na minha horta? Essa horta é minha. Deixa de ser enxerida! A dona da casa sou eu. Eu não gosto de ninguém mexendo nas minhas coisas, pode chispar daí agora, sua enxerida. Fica achando que é a dona da casa. Metida, isso que você é, metida!*

Minha mãe, minha tia e Lia se entreolharam em silêncio. Subi as escadas e tentei explicar o que estava acontecendo, mas a avó não me ouvia. Ela estava bastante nervosa, totalmente fora de si. Foi a primeira vez, em todos esses anos, que gritou comigo. *Nem perde seu tempo tentando explicar,* minha mãe disse. Minha tia, percebendo a tensão crescente, convidou todo mundo para cantar parabéns. Refrigerante, docinhos, empadão. Depois do mal-entendido, a avó simplesmente esqueceu que eu era eu e passou o resto do tempo me chamando de Silvana. Cantamos parabéns. Toda vez que a avó arrastava as mãos até a bandeja no centro da mesa, minha mãe me cutucava e dizia: *olha, Flávia Helena, ela vai comer mais um.*

Laços

Naquele mesmo dia, depois que voltamos pra Ouro Preto, minha mãe me mostrou em cima da mesinha de centro da sala de visitas uma compoteira transparente. Não havia nada dentro. Ela disse: *presente da sua avó, é de cristal.* Depois, bateu levemente na borda da compoteira. Em silêncio, escutamos o som do cristal ressoando por vários segundos. Antes de ir embora de Mariana, minha mãe disse uma última vez para a avó: *quatro botões ainda vão abrir.* O lírio e a compoteira foram os últimos presentes que mãe e filha trocaram entre si. Objetos de naturezas opostas – um destinado a morrer, outro, a durar.

Invasões bárbaras

Na noite do aniversário, ela não conseguiu dormir. O leite morno com canela já não produzia mais efeito, e adormecer vinha se tornando uma atividade tortuosa. O sono dela era curto e agitado. Não é possível saber se a avó concebeu sua vingança nas horas de insônia, remoendo o acontecido durante a madrugada, ou se, ao acordar na manhã seguinte e encontrar Lia circulando pela cozinha, abrindo e fechando gavetas enquanto cantarolava uma música qualquer, foi novamente invadida por uma emoção estranha e violenta. Louca de raiva, a avó desceu ao terreiro arrastando os chinelos de pano, apanhou a enxada que estava encostada no filtro de barro, subiu novamente as escadas e, antes de tomar seu café fraco e doce, jogou a enxada nas mãos de Lia e ordenou aos berros que ela arrancasse todos os pés de couve e alface, as cebolinhas, a hortelã, a taioba, o manjericão, que destruísse aquela maldita horta, e que não se atrevesse nunca mais a pôr as mãos nas coisas dela.

Ponto cego

Lia mandou mensagem para minhas tias contando que foi obrigada a destruir a horta. Os canteiros estavam devastados: nenhuma verdura para contar a história. Minha mãe e os irmãos ficaram chocados e, durante dias, tentaram interpretar aquele último ato: raiva, vingança, ódio, picuinha, despeito, pura maldade? Quais eram as motivações por trás daquele ataque? Eu tinha uma pista: a presença da cuidadora significava que a posição da avó na casa era, agora, secundária. Ela havia se transformado em uma espécie de visita. Desapropriada da sua única posse (a casa, o terreiro, a horta), tentou reaver seu direito de mandar. O que eu não compreendia ainda era o porquê de destruir algo que ela tanto amava. Por que transformar a horta num cemitério? Eu também me negava a enxergar o óbvio?

Sigilo

Alguém comentou comigo: *sua avó é ruim*.

O retorno do recalcado

Recentemente, minhas tias observaram um curativo no braço esquerdo da avó. Como ela não se lembrava do que tinha acontecido, todas ficaram com a pulga atrás da orelha. A hipótese era que ela havia se machucado em uma briga com outra moradora do residencial. Suposição que me pareceu exagerada, mas esse episódio me levou a pensar nas semelhanças entre as casas de repouso para idosos e os jardins de infância. Quando eu trabalhava como voluntária no berçário da escola do meu filho, era comum as crianças morderem, arranharem ou puxarem os cabelos umas das outras. Ao colocar gelo na ferida para diminuir a dor da vítima de um ataque do amiguinho, era possível sentir o relevo côncavo que minidentes são capazes de imprimir em uma bochecha gordinha e macia. Escondíamos esses episódios das mães porque, como sabemos, as mães não têm maturidade emocional para saber tudo que acontece na vida dos seus filhos. Morder, unhar, arranhar, beliscar e puxar os cabelos são gestos que podem ser interpretados como regressivos a um estado instintivo e visceral. Assim como acontece na primeira infância, na demência, as emoções deixam de ser governadas pela razão, pela linguagem ou pelo mais eficiente dispositivo civilizatório desenvolvido pelos humanos, a culpa.

Veneno ou remédio?

Contei sobre este texto para uma amiga que pesquisa as imagens que os vivos criam para não se esquecerem dos seus mortos e as nossas estratégias para produzir presença no lugar onde, de repente, instaura-se a ausência. Confesso meu medo. Será que estou antecipando a morte da avó? Ela me tranquiliza e me ajuda a compreender que a avó e eu estamos empreendendo travessias às avessas. Enquanto uma se esquece, a outra se lembra.

Pecado

Sinto que é mais fácil amar a avó *aqui*.

Linha de fuga

Não se trata de negar o cheiro de urina que exala do corpo dela, as quedas e os machucados, as raízes do cabelo brancas, as alterações de humor, as unhas por fazer, as crises de raiva, a angústia e a insônia, o olhar morto, o figurino desconjuntado, a boca trancada com muitos segredos, os esquecimentos radicais: perder o nome da filha, o próprio nome. Tudo isso sobrevoa este texto, como se a realidade fosse uma ave de rapina. Não que a escrita signifique uma fuga da dor, mas, ao escrever, a realidade se desdobra, consigo me lembrar do seu cabelo dourado e esvoaçante, das unhas vermelhas e impecáveis, do salto alto, da meia arrastão e do Rayito de Sol besuntando seu corpo numa manhã de verão.

Camisa de força

Eu tinha mais ou menos 13 anos quando a avó anunciou que começaria a bordar meu enxoval. Dezenas de vezes, ela repreendeu minha mãe por conta do meu corte de cabelo: *essa menina tá parecendo um menino, cruz credo!* Há alguns anos, me telefonou para saber se *meu esposo* estava bem – eu estava separada há mais de um ano. Com a mesma convicção que negava o divórcio, negava a homossexualidade, a gravidez antes do casamento, o aborto. Passou os últimos anos penalizando minha mãe porque minha irmã e eu não nos casamos na igreja, nem batizamos nossos filhos.

Mnemosyne

A deusa da memória, *Mnemosyne*, era capaz não apenas de resgatar o passado, como também de fazer esquecê-lo.

Negacionista

A avó sempre se negou a acreditar que a riqueza de uns é resultado da pobreza de outros.

RG

Era devota de São Roque e dos bronzeadores paraguaios.

Oráculo

Encontro no meu quarto de trabalho um pequeno livro de capa amarela, uma edição velha e rasgada da biografia crítica que a médica Nise da Silveira escreveu sobre Jung. Tiro o livro da estante e tento me lembrar, sem resultado, de como ele foi parar nas minhas coisas. Abro aleatoriamente suas páginas e encontro uma espécie de carta de baralho com a imagem do Cupido. Abaixo do anjinho de olhos vendados que aponta uma flecha amarela para o lado esquerdo está escrita a palavra *amor*. Começo a leitura pelas frases grifadas, e esse exercício é como brincar de detetive. Existem duas marcações diferentes. Uma delas, a mais recorrente, foi feita com canetinha marrom, de traços grossos e ondulados. A outra foi feita com caneta esferográfica azul, de traços finos e certeiros. Esses vestígios me levam a pensar que o livro foi lido por pessoas diferentes ou, quem sabe, por um mesmo leitor, mas em momentos distintos da vida. Procuro alguma pista que me leve até a avó. Na página 51, me deparo com a frase: *a presença do outro é um desafio constante.*

Método

O historiador Joseph Campbell afirma que a única maneira de descrever verdadeiramente uma pessoa é por meio das suas imperfeições.

Reflexo invertido

Minha sogra nasceu no mesmo ano em que minha avó: 1930. Uma em Aracaju e outra numa pequena cidade do interior de Minas Gerais. Uma rica – o pai da minha sogra possuía várias propriedades em Sergipe, e sua esposa (a mãe da minha sogra) nunca precisou trabalhar –, a outra com poucos recursos. A avó estudou apenas o ensino fundamental. Mudou-se de cidade uma única vez. Saiu da cidadezinha onde morava com os pais e irmãos para tentar a sorte em Mariana. Já minha sogra, ao completar 18 anos mudou-se para o Rio de Janeiro, onde estudou serviço social. Quando se aposentou do trabalho no INSS, fez uma segunda faculdade, estudou psicologia e trabalhou como terapeuta até os 88 anos. Além de terem nascido no mesmo ano, as duas se casaram na década de 1950, tiveram quatro filhos e, um pouco antes de completarem 90 anos, foram diagnosticadas com Alzheimer.

Essas duas mulheres se encontraram uma única vez, no chá de bebê do meu filho, na casa dos meus pais. Trocaram poucas palavras. Minha sogra ficou impressionada com a beleza da avó. A avó ficou impressionada com a quantidade de presentes que minha sogra havia comprado. *Deve ter custado uma fortuna*, cochichou no meu ouvido.

Mulheres irredutíveis em suas opiniões e extremamente autoritárias. Mulheres que conseguiram burlar uma série de códigos sociais que moldam o comportamento feminino. Por conta disso, inúmeras vezes elas foram acusadas de serem egoístas, pois não performavam alguns dos principais papéis atribuídos às mulheres, como o de esposa e mãe amorosa, abnegada e compreensiva. E, o mais importante, tanto a avó como minha sogra jamais se importaram com o que as pessoas pensavam ou diziam sobre elas.

Agora, percebo que criticava nelas alguns traços que também existem em mim, mas que foram domesticados e negados desde a infância. Não falo da insubmissão ao pai e ao marido, já que, assim como eu, muitas mulheres da minha geração conseguiram desfazer-se dessa forma de controle patriarcal, embora ainda me veja refém de uma sujeição difusa, sutil e angustiante que se apresenta de diferentes formas, como por exemplo no meu excesso de autovigilância, sempre atenta para não despertar no outro algum tipo de mal-estar ou uma opinião negativa, constantemente reprimindo minhas reações mais espontâneas. Durante muitos anos, o que me envergonhava na verdade era sentir raiva, evitava encarar minha ambivalência e morria de medo da minha agressividade. Nem preciso listar todos os sintomas que desenvolvi por tentar me encaixar num ideal de perfeição inatingível. Conheço muito bem os mecanismos históricos que atuam para que as mulheres se transformem em seres dóceis e altruístas, e diariamente sigo tentando desconstruí-los. Há um componente de gênero fortíssimo, mas há, também, um aspecto que ainda hoje me parece pouco explorado. Fui criada em um ambiente fortemente católico. Cresci com medo de desagradar a Deus. Aprendi na igreja e também na escola, onde a cartilha do catecismo era repetida, que o mais importante na vida era ser uma boa menina, jamais pecar, nem em pensamentos, porque os olhos de Deus estão nos observando o tempo todo. Eu vigiava minhas ações, meu corpo, minha imaginação. Nas intermináveis missas de domingo, espreitava os santos posicionados na lateral da Igreja do Pilar e sentia que eles me olhavam de volta. Tem uma expressão, aprendida nos tempos de escoteira, que resume esse estado de vigilância constante: sempre alerta!

A religião, no entanto, não explica tudo. Minha sogra e a avó eram religiosas, mas o modo como viveram a vida é uma prova de que existem formas de escapar de algumas armadilhas. Eu sigo aqui, cavando com as mãos uma saída.

Decadence avec elegance

A avó se irritava profundamente com aquelas viagens intermináveis. *Esse motorista não sabe dirigir, esse ônibus tá caindo aos pedaços, essa estrada não presta*, reclamava em voz alta, enquanto levava meus irmãos e eu para visitar nossos primos que moravam em Conselheiro Lafaiete, cidade próxima a Ouro Preto. A estrada que liga os dois municípios ainda não havia sido asfaltada. O ônibus sacolejava pelo caminho de terra, parando de cinco em cinco minutos para embarque e desembarque de adultos e crianças, bolsas entupidas de comida, filhotes de cachorro, galinha, porco, passarinho na gaiola, eletrodomésticos, sacos de laranja, pacotes de biscoito polvilho, trouxas de roupa. O motorista ouvia músicas românticas num rádio à pilha e fumava, o cinto de segurança não era obrigatório e os corredores eram ocupados por malas e pessoas. Mesmo nessas situações, a avó jamais abriu mão do cabelo arrumado, do batom vermelho, da sandália de salto, dos penduricalhos dourados. Enquanto seguia reclamando em voz alta, *esse ônibus é uma bosta*, limpava o vômito do meu irmão com uma toalha de rosto e depois repartia entre os netos a deliciosa torta de sardinha que tinha feito para comermos na viagem.

Jornada interior

Durante muitos anos, pensei que não a amava.

Tentação

A avó era obcecada por espelhos. O favorito ficava no seu quarto. Um espelho grande, vertical, posicionado ao lado da cama, de onde conseguia ver seu corpo inteiro. Ela também era obcecada por café doce e fraco, e pela Regina Duarte. A viúva Porcina era uma espécie de heroína particular. A avó imitava seu figurino e espelhava sua personalidade. Na minha casa, ao contrário, meus pais não faziam café, novelas eram consideradas *coisa de adulto* e os espelhos ficavam trancados dentro dos armários.

Feitiço

Ela dedicou sua existência a amar roupas. Era capaz de falar, durante meses, sobre um vestido de festa ou uma fantasia de carnaval. A peça sonhada tomava seu imaginário de tal forma que, nas semanas que antecediam o evento, era impossível conversar sobre qualquer outro assunto. Todo o resto se tornava desimportante, menor. E o vestido de festa ganhava um valor transcendental.

Coroação

Dona Naná começava os ensaios com semanas de antecedência. Ela era brava, jamais sorria, vestia sempre o mesmo figurino: saia de lã marrom na altura dos joelhos, meias Kendall beges, alpargatas pretas. O que mais me chamava atenção era uma enorme pinta preta que ela tinha acima da boca e de onde saía um tufo de pelos. Fecho os olhos e consigo vê-la na minha frente. Escuto sua voz de trovão. Na paróquia do Pilar, em Ouro Preto, os ensaios para a coroação de Maria aconteciam nos dias de semana, depois das aulas, no salão paroquial da igreja. Me vesti de anjo durante toda a infância. Tudo no ritual me fascinava. As túnicas de cetim, as asas de pena de ganso, a coroa de flores que minha tia-avó fazia pra mim e pra minha irmã, os cantos e, principalmente, os saquinhos de amêndoas confeitadas que recebíamos ao final. Todas as meninas queriam ser escolhidas por dona Naná para colocar a coroa, a função mais importante dentro da cerimônia de devoção a Nossa Senhora. Nunca fui escolhida. A avó ficou indignada. Mexeu os pauzinhos e arrumou uma coroação pra mim, em Mariana, na Igreja Nossa Senhora dos

Anjos, uma igreja pequena e simples com as paredes pintadas de azul e branco. Completamente diferente da opulência dourada da Igreja do Pilar. Desse dia, lembro-me de um detalhe. Ao subir os minúsculos degraus de madeira que dão acesso à parte mais elevada do altar, tive medo de despencar no chão.

Ato falho

Em diversos momentos, em vez de escrever vó, escrevo vão.

Imaginário

Ao olhar-se obsessivamente no espelho, será que a avó experimentava o prazer da autofabulação? Objetos de ver representam processos óticos e simbólicos de produção de si. Tanto a imagem projetada sobre o papel quanto a imagem invertida que surge sobre a superfície do espelho são emanações do desejo, mas também testemunhas de nossas angústias.

Pose

Lê-se num livro de Roland Barthes: *a partir do momento em que me sinto olhado pela objetiva, tudo muda: ponho-me a posar, fabrico-me instantaneamente em outro corpo, metamorfoseio-me antecipadamente em imagem.*

Reflexões sobre o material bruto

O problema ético continua me atormentando. Às vezes, penso que estou fazendo uma caricatura dela. Noutros dias, penso que ao compará-la com a Regina Duarte crio uma paródia impiedosa. Também penso que este texto pode ser lido como uma alegoria, uma peça para um teatro de sombras, uma novela familiar ou, até mesmo, como uma biografia não autorizada. Quase todos os dias me pergunto: será que tenho o direito de escrever sobre ela? E, enquanto enxáguo meu corpo, na hora do banho, posso escutar as vozes na minha cabeça me chamando de enxerida.

Infraordinário

Leio no livro do historiador Peter Stallybrass que, na linguagem técnica da costura, a palavra "puimento" é chamada de *memória*. O puimento é diferente do rasgado. Enquanto este é consequência, quase sempre, de uma ação violenta, episódica, um incidente específico, um tombo de bicicleta ou uma calça que se engancha num prego, aquele, ao contrário, produz-se no tempo, é efeito de um processo lento e repetitivo, que se dá a partir de nossos gestos diários. Andar, descer escadas, sentar-se numa cadeira, apoiar os braços em cima da mesa, deitar em uma cama para dormir, lavar dezenas de vezes uma mesma roupa. Todos esses gestos produzem memórias.

Guarda-roupa

No processo de adoecimento, as roupas da avó foram gradualmente se transformando. Seu novo figurino, descolorido e desconjuntado, é um sinal concreto do Alzheimer. Nas minhas cada dia mais escassas visitas, ainda me espanta o fato de que a avó não se vista mais sozinha. Agora existe alguém, radicalmente diferente dela, que escolhe suas roupas, alguém sem um pingo de imaginação.

Manias

A avó detesta comida requentada, eletrodomésticos comprados à prestação, penhorar joias, andar de ônibus, carros velhos, netas que não se casam na igreja, café sem açúcar, presentes errados, estragar o cabelo, lembrancinhas baratas, aposentados, visitas que aparecem na hora do almoço, roupas sem graça, carteira sem dinheiro, parecer uma pessoa pobre.

Contemporânea

Depois que ficou viúva, a avó teve algumas paixonites, todas platônicas, nenhum namorado com nome e sobrenome, alguém de carne e osso que esquentasse seus pés impecavelmente feitos e frios nas noites geladas de julho.

Educação pela pedra

A professora avisava com uma semana de antecedência para que as famílias pudessem comprar os presentinhos – caixas de sabonetes coloridos, pacotes de papel higiênico, frascos de colônia – que os estudantes levariam na excursão anual ao asilo da cidade. O Lar São Vicente de Paula era uma casa grande e comprida, de apenas um pavimento, onde dezenas de velhinhas nos esperavam com seus corpos magros e enrugados, escondidinhas debaixo de cobertores finos, lençóis puídos e camisolas encardidas. A presença masculina era rara como a incidência de luz naqueles cômodos escuros e frios. Aquelas mulheres em nada se pareciam com a minha avó. Naquelas visitas, a professora queria que aprendêssemos alguma coisa, mas nunca falava explicitamente o quê.

Desarticulação

Aos poucos, a doença vai erodindo também a linguagem. Atos de fala corriqueiros, como nomear objetos ou pronunciar uma frase simples e curta, passam a ser atravessados por rearranjos verbais estranhos e absurdos. Esse processo não é abrupto, mas feito de inúmeras oscilações, falhas, apagões e, também, de invenções. Ao perder o lastro com a estrutura lógica e normativa da língua, o doente realiza deslocamentos semânticos e sintáticos que criam novos formatos e experiências de nomeação. Se, por um lado, o desvio e a insubordinação à norma linguística são aceitos e estimulados na poesia, na doença, esses gestos disruptivos nos assustam. Eles ameaçam aquilo que acreditamos possuir de mais humano, nossa capacidade de interagir e reagir aos eventos do mundo usando como instrumento a linguagem verbal, falada e escrita. Novamente, percebemos uma redução do humano, ou melhor, seu aprisionamento radical na esfera discursiva.

A doença

Sylvia Molloy escreveu sobre o Alzheimer de uma grande amiga. O livro acompanha os diferentes estágios da doença de M.L. As idas e vindas da memória e da linguagem, e como essas oscilações desarticulam também, numa escala menor, mas não menos angustiante, a vida das pessoas que testemunham e acompanham o processo de adoecimento. Junto com a perda da memória de alguém amado, perde-se, também, a memória que aquela pessoa tinha de nós. Instaura-se uma espécie de orfandade. Penso que diante dessa dor é preciso resistir ao impulso – quase mimético – de nos esquecermos de nós mesmos.

A natureza é vodka

Em suas pesquisas, Daniela Feriani analisou autobiografias escritas por pessoas com Alzheimer e percebeu que esses livros passaram por processos de edição cujo objetivo foi esconder as alterações sofridas pela linguagem. O conteúdo das narrativas é insólito, mas a forma de narrar mantém-se fiel à gramática. Para a antropóloga, essa maquiagem nos afasta de uma experiência real da demência; por isso, em sua investigação registrou de forma minuciosa as diferentes mutações e errâncias da fala dos pacientes que acompanhou. Ela nos conta de uma senhora com Alzheimer que, ao observar o canto de um pássaro, comentou que "a natureza é vodka", o que me fez lembrar de M.L. – a amiga de Sylvia Molloy que ao ser perguntada, em uma avaliação médica, qual a relação entre um pássaro e uma árvore respondeu que ambos voam.

Não sei

Não sei se escrevo no presente ou no passado. A avó adora banho de loja ou a avó adorava banho de loja? Nenhuma das duas construções é inteiramente verdadeira.

Manias

A avó adora banho de loja, verdura refogada, *champagne*, falar mal das filhas, cenoura raladinha no arroz, bordar pano de prato, sobremesas, viagem de navio, a revista *Caras*, bombom de licor, blusa transparente, bobs de cabelo, vestidos de paetê, médicos desquitados, carro quatro portas, brincos dourados, leite morno com canela, carnaval, novela das oito, vaso de planta, netas arrumadinhas, sonhar que é rica.

Lapso

Quando criança, eu acendia os cigarros da avó. Não consigo lembrar a marca do cigarro que ela fumava, apenas que a embalagem era dourada.

Clarão

A avó fumava um cigarro chamado *Charm*.

A doença do esquecimento

A avó jamais falava do irmão preso durante a ditadura militar que teve as roupas arrancadas do corpo e durante dias seguidos foi torturado dentro de uma cela molhada, escura e fria. O irmão que saiu vivo da prisão, mas morreu, de pneumonia, dias depois.

Melindrosa

Observo algumas fotografias que tenho dela e encontro a confirmação de uma personalidade coreografada e repetida em dezenas de gestos, posturas, olhares. O modo como ela empina o queixo, como cruza as pernas, como estufa levemente o peito, como posiciona as mãos, encontrando, para elas, um pouso confortável e seguro, como seu olhar confronta a lente do fotógrafo: um olho que espreita. Todos esses minúsculos sinais indicam que o ato de ficar imóvel diante do olhar do outro não era para ela, como é para mim, uma experiência insuportável.

Saber fotográfico

Uma das minhas fotografias preferidas é de um baile de carnaval, na década de 1980, no Clube Marianense. Minha irmã e eu fantasiadas de melindrosas: vestidos de franja na altura do joelho, uma tiara de cetim e *strass* na testa, meia arrastão azul e sapatilhas prateadas. Nossos corpinhos de menina escondidos atrás das pernas douradas e da exuberância da avó. A construção dessa pose é resultado de um persistente processo de treino e encenação diante de objetos capazes de produzir reflexos: o espelho, o olhar, a câmera.

A avó tinha o que Roland Barthes chamava de saber fotográfico: sabia como posar, como construir uma mensagem corporal repleta de significados, como instruir o fotógrafo para que tirasse sempre a melhor foto, sabia se olhar através da fotografia e ser olhada de volta por ela. Sustentava na foto a mesma autoconfiança e petulância que transmitia no seu cotidiano. Pode ter ocorrido, também, o inverso – jamais saberei. Ao ser retratada a primeira vez pelo olho da fotografia e do fotógrafo, e ver sua imagem revelada, apaixonou-se por si mesma e, assim como Narciso, passou a vida perseguindo essa imagem.

Penso que uma mulher que encara diretamente o olhar do outro é, ainda hoje, alguém que desafia uma ordem sexual e social. Tento imaginar o que não significou – naquelas décadas de 1940 e 50, no interior de Minas (quando as mulheres ainda não podiam manifestar abertamente o próprio desejo) – sustentar esse olhar e também intuir e performar o poder que ela supunha possuir.

Presença

Sigo em busca de uma imagem-síntese que traduza com exatidão a essência luminosa e desafiadora da avó, a fotografia capaz de plasmar a beleza e a petulância que me cegavam na infância, a prova definitiva capaz de certificar a hipótese de que a avó amou a própria beleza acima de todas as outras coisas.

Máscaras

Para Maria Rita Kehl, pessoas sedutoras são aquelas para quem a aparência é mais importante que a essência. Segundo a psicanalista, em algum momento da vida, o sedutor tropeçará na armadilha que criou. A dor do tombo pode submergi-lo numa tristeza profunda. Não tenho dúvidas de que a avó era uma sedutora. Mas se algum dia tropeçou no palco e caiu, não ficamos sabendo.

Paradoxo

A avó tinha um único medo: envelhecer. De certa forma, o Alzheimer é uma espécie de proteção que impede que ela veja a própria degeneração.

Escrever

Alguns meses antes do início da pandemia de covid-19, a avó foi diagnosticada com Alzheimer. A doença estava no seu estágio inicial, mas o seu contato com o mundo exterior reduziu-se drasticamente e alguns sintomas foram ficando mais evidentes. Depois que ela levou um tombo, ao descer uma escadinha que separava a cozinha do terreiro, os filhos decidiram que ela não podia mais morar sozinha. Foi contratada uma cuidadora para acompanhá-la dia e noite e auxiliar nas tarefas domésticas.

Durante o primeiro ano da pandemia, muitas cuidadoras passaram pela casa. Segundo a avó, todas tinham algum problema. Ou eram jovens demais ou velhas demais, ou não sabiam cozinhar ou eram enxeridas e fofoqueiras. A avó implicava com todas elas.

Uma das características predominantes da avó é a insatisfação. Ao contrário do que acontece com a maioria das pessoas, sua insatisfação nunca era voltada para si própria, já que a avó sempre foi proprietária de uma autoestima inabalável, mas direcionada a todas as pessoas com as quais convivia. A avó tinha um descontentamento severo e constante contra tudo e contra todos. Ninguém escondia que conviver com ela era difícil.

Um grupo, entretanto, sofria mais intensamente seus constantes abusos: as empregadas. A avó assumia o papel da patroa megera e sentia-se totalmente no direito de exercer seus desmandos. Ela tinha convicção do que devia ser feito e usava essa certeza para praticar suas pequenas violências verbais. Pelas costas, ela dizia que suas empregadas eram desleixadas, preguiçosas e folgadas. Tal comportamento nunca foi velado, muito pelo contrário. Eu ficava abismada com aquelas palavras sem rédeas que saíam de dentro da boca dela, e essa vergonha é uma das origens do meu gradual afastamento.

Na infância, convivíamos muito. Viajamos juntas inúmeras vezes, quase todos os domingos minha família almoçava na casa dela ou passávamos dias seguidos por lá, mas na adolescência comecei a me distanciar. Meu contato e minha presença se tornaram pontuais, esporádicos, fruto de uma obrigação da qual eu nem sempre conseguia escapar. Sua violência verbal me constrangia. Frequentemente, eu esquecia o dia do seu aniversário, não telefonava, não comprava presentes. Não sentia necessidade de vê-la, de estar com ela, de conversar ou manter vivos nossos vínculos. Nunca escondi das pessoas com quem tenho intimidade meus problemas em relação a ela. Transformei-me na neta sumida, na neta sem consideração, na neta desalmada. Mas agora que ela está velha e doente, movida por um sentimento vertiginoso de culpa e urgência, tornei a me aproximar dela. A consciência do seu futuro desaparecimento despertou em mim uma espécie de desejo de preservação.

Quando comecei a escrever este texto, pensei que a escrita seria uma espécie de acerto de contas. Poderia, enfim, revelar a natureza perversa da avó. Pensando agora, compreendo que não existe nada a ser revelado. Podemos acusá-la de muitas coisas, menos de ser uma pessoa dissimulada. Todos os seus defeitos eram explícitos. E embora eu entenda que minha família possa ficar chateada com este livro, com o excesso de exposição, eles sabem que não há mentiras nem exageros. Durante o processo de escrita, no entanto, foi acontecendo algo que eu jamais poderia prever, o que revela certa ingenuidade da minha parte. Ao escrever, não sabemos o que poderá acontecer. A escrita tem uma lógica própria, completamente misteriosa e insubmissa, que consiste em redescobrir pela linguagem – e não mais pela experiência ou pela memória – algo que até então não éramos capazes de enxergar ou entender. O relato produz um conhecimento inesperado, fruto de um deslocamento muito específico capaz de desdobrar e proliferar os sentidos onde, antes, havia apenas uma visão monolítica e rígida dos acontecimentos.

Ao entrar no jogo da escrita e aceitar sua natureza ingovernável, me vejo não apenas espelhada na mulher que pariu minha mãe, como entrelaçada a uma condição humana comum. Se a doença de Alzheimer significa a degeneração daquilo que entendemos como personalidade, a dissolução do sentido de si e da história pessoal, espécie de realidade paralela em que memória e esquecimento se tocam, escrever sobre a mulher que um dia a avó foi e aquela que agora ela é significa resistir não apenas ao desaparecimento de uma pessoa, mas de uma linhagem da qual também faço parte. Não se trata mais de negar a avó, mas de aceitar que a história dela, ainda que de modo torto e brutal, também me constitui.

Identidade

Os netos tentavam a todo custo descobrir a idade da avó. *Cambada de enxeridos!* Ela nos xingava enquanto escondia o documento de identidade embaixo da pilha de caixas de sapato. O ano de nascimento dela sempre foi um mistério. Quando me perguntavam sua idade, eu respondia encabulada que não sabia.

Desmemoriada

Com o avanço da doença, a avó começou a esquecer onde guardava as coisas, onde foi parar a chave da casa ou a lembrancinha que comprou para o aniversário do bisneto. Começou, também, a se esquecer de colocar sal na massa de pão de queijo.

Curto-circuito

Daniela Feriani explica que muitas vezes o "não se lembrar" significa não mais saber fazer.

Antiplatônica

Para a avó, a aparência é a essência.

Dicionário do lar

A avó não dava presentes, mas peças para o enxoval: toalhas de banho bordadas, toalhas de mesa em ponto cruz, panos de prato com a barra de crochê, jogos americanos, pratos de porcelana com detalhes de corações azuis.

Crushes

Roberto Carlos, Juscelino Kubitschek, Ivo Pitanguy.

Caixa de Pandora

Para saber quem a avó era, talvez eu devesse procurar saber quem foi sua mãe. A bisavó sim se parecia com as velhinhas do asilo de Ouro Preto. Sobre sua pele fina e enrugada, entretanto, havia sempre uma espessa camada de pó de arroz.

Picuinha

Eu que não vou sair com neta minha vestida assim.

Peripécias

Lygia Fagundes Telles também mentia a idade.

Ciência popular

Nossos antepassados morriam de febre e dor de barriga. Até o século XVIII, a maioria das pessoas não completava 50 anos, e se hoje vivemos mais, há suspeitas quanto a vivermos melhor. Em 1928, um médico escocês pesquisava uma bactéria que provocava severas infecções nos soldados que voltavam da Primeira Guerra. Um dia, depois de uma semana de descanso, ao chegar ao laboratório ele percebe que tinha esquecido seu material de pesquisa ao ar livre, que as bactérias tinham sido invadidas por minúsculos seres verdes. Os fungos contaminaram tudo. Antes de descartar o material e recomeçar o experimento, o que nos leva a constatar que a vida dos cientistas é bastante parecida com a dos escritores, Alexander Fleming observou que nas pequenas áreas onde o fungo estava presente a bactéria não tinha se desenvolvido. Foi assim que ele descobriu a penicilina.

Antes dessa descoberta, as pessoas tratavam infecções das mais variadas formas. Dizem que os chineses colocavam coalhada de soja em cima dos machucados. Em outras regiões, usava-se pão mofado e teias de aranha para tratar feridas. Todos esses remédios caseiros partem do mesmo princípio, o de que os fungos curam, o que mostra que a sabedoria popular não está tão equivocada.

A avó também tinha suas ciências. Para tratar a dor de ouvido dos netos, ela cozinhava um angu mole e sem sal que depois embrulhava num pano de prato limpo. O doente tinha que deitar o ouvido em cima do emplastro. Não tenho provas científicas de que o angu quente matava as bactérias que causavam minhas recorrentes infecções de ouvido, mas aquele quentinho sempre aliviava um pouco a minha dor.

Todo santo dia

O angu era preparado com pouquíssimo sal, tradição familiar seguida à risca pela minha mãe. A avó despejava o angu fumegante num prato pequeno e fundo, e ele imediatamente endurecia. Os pedaços eram cortados com a faca de mesa, misturados ao arroz, ao feijão e à verdura refogada que ela apanhava na horta.

Imunidade

Se por um lado vivemos mais, passamos a sofrer de doenças que, no século XIX, não existiam. Uma pessoa que chega aos 90 anos tem 50% de chance de desenvolver Alzheimer. A avó foi diagnosticada aos 89, e o isolamento social acelerou a doença. Depois do aniversário de 91, compreendemos, enfim, que a demência era um quadro irreversível, e não mais um episódio isolado, fruto do seu temperamento difícil e até mesmo de certa ruindade.

Imagem improvável

A avó deitada num divã.

Névoa

Segundo a neurociência, não vemos o mundo como ele é, mas a partir das nossas projeções. Isso indica que nunca descobrirei quem a avó de fato é. Ao começar a escrever este texto, percebi que a enxergava a partir dos olhos da minha mãe, da confusão de afetos que elas cozinharam em banho-maria ao longo da vida. Só me resta agora conhecer a avó a partir dos meus próprios bololôs.

Insustentável leveza

O cérebro humano pesa apenas 2% do peso corporal.

Saudade

Nunca mais comi sua comida.

Violência verbal

Uma doença que durante muito tempo teve a palavra "mal" no nome.

A guerra como metáfora

A metáfora consiste em *dar a uma coisa o nome de outra*. Essa operação é bastante antiga na poesia e apresenta-se, também, no discurso científico. A medicina sempre se apropriou de metáforas militares para explicar como certas doenças *invadem* nosso organismo, *destroem* nossas *defesas* e como os tratamentos, consequentemente, precisam ser *agressivos*. Lutar contra uma doença equivale a enfrentar uma guerra. Susan Sontag se pergunta: e se suspendêssemos as metáforas e as interpretações que associam doenças a batalhas e simplesmente as encarássemos a partir do que elas são, sem buscar um significado oculto e cifrado, sem as ler como signo de uma outra coisa?

Barthes e eu

Toda biografia é uma ilusão. E também: toda biografia é uma autobiografia.

Sinal de fumaça

Vó: Rapidinho me arrumo!

Minha mãe: Mentira, Flávia Helena. Mãe apronta uma confusão para sair de casa. Eu não vou ficar esperando, não. Tô indo com Joaquim pra sorveteria.

Eu: Tá bom!

Eu: Adoro essa bolsa, vó.

Vó: Comprei na Itália. É de couro verdadeiro, é muito chique.

Vó: Cadê a chave, menina?

Eu: Onde você pôs?

Vó: Atrás da porta, ué.

Eu: Não tá.

(...)

Vó: Flavinha do céu, onde eu pus a chave?

Eu: Vamos olhar em outros lugares.

Vó: Diacho.

Eu: Naquele potinho na mesa da cozinha?

Vó: Misericórdia! Como pode uma chave sumir assim?

Vó: Porcaria de chave.

Vó: São Roque, ajuda!

Eu (pelo celular): Mãe, não estamos encontrando a chave...

Mãe: Joaquim já acabou o sorvete. Não falei? Todo dia agora é assim. Ela não sai de casa sem aprontar uma confusão. Mãe vai deixar a gente doida.

Negação

Antes da pandemia, os filhos marcaram uma consulta com um neurologista. Minha mãe me telefona para contar que o médico disse que parece que a avó tem Alzheimer. Fico indignada. Como assim *parece*? Um médico não pode falar uma coisa dessas sem ter certeza absoluta, sem ter provas. Ele fez algum exame nela? Como pode afirmar isso? Só porque uma pessoa esquece onde colocou a chave não significa que ela tem Alzheimer. As pessoas se esquecem de coisas assim o tempo todo. A avó é super saudável. Além disso, ela continua maledicente. A personalidade dela segue intacta. Vaidosa e maledicente. Você reparou que ela está viciada no Facebook, pergunto a minha mãe. Esse diagnóstico está errado! Eu não tenho dúvida de que esse diagnóstico está errado.

Salto no escuro

A primeira área do cérebro a ser afetada pelo Alzheimer é o hipocampo. Descrito em 1578 pelo anatomista italiano Giulio Cesar Arantius, essa pequena estrutura bilateral é uma espécie de biblioteca, responsável pelo arquivamento de trilhões de informações. O hipocampo transforma as memórias recentes em memórias de longo prazo. A autópsia é o único exame capaz de analisar com exatidão o grau de comprometimento da área, e como ninguém está disposto a morrer para provar que não tem Alzheimer, o diagnóstico continua sendo um processo complexo, demorado e bastante ambíguo, cercado de especulações. Episódios de perda de memória podem significar diferentes quadros: câncer, depressão e diabetes. Além disso, apenas se esquecer das coisas, sejam elas ou não memórias recentes (o que comi na hora do almoço, como se chama o rapaz que está consertando a máquina de lavar), não é prova de que uma pessoa idosa tem Alzheimer. Muitas pessoas velhas apresentam perda de memória, mas não recebem o diagnóstico. Para descobrir a doença, o médico precisa investigar profundamente a vida do paciente, conversar com seus familiares. Além da anamnese, é feito um teste chamado Exame Cognitivo de Addenbrooke (ACE), que avalia competências cognitivas como atenção, memória, linguagem, orientação e habilidades espaciais. O objetivo do teste não é dar um diagnóstico, mas avaliar o funcionamento da memória dos pacientes. Ao memorizar um endereço, o nome completo de uma pessoa ou três palavras seguidas, acionamos memórias usadas em tarefas simples e cotidianas que nos permitem executar processos aparentemente elementares, como caminhar, cozinhar, tomar banho e conversar. A memória operante também é chamada de memória recente ou de curto prazo. Já lembrar-se de acontecimentos do passado ou fatos históricos envolve o que os cientistas denominam de memória declarativa, e é essa memória de longo prazo que nos possibilita aprender, conhecer, narrar, escrever ou reconhecer e declarar nosso amor por uma pessoa.

Consciência

Segundo Jung, uma pequena ilha cercada pelo oceano. Também uma agulha no palheiro, um farol na noite escura, um lampejo.

Deriva

Depois do episódio de destruição da horta, e de forma surpreendentemente rápida, a avó tornou-se uma pessoa frágil e encolhida. Seus olhos vivos murcharam. Como se uma parte importante de si tivesse partido para uma terra estranha e inalcançável.

Montanha-russa

O ritmo da doença é incerto. Alguns dias a avó está bem, outros, não. Certa vez, fui visitá-la e nosso encontro durou menos de dez minutos. Ela estava agitada. Não queria ficar sentada. Não conseguia conversar. Disse que precisava subir para tomar café. Depois, disse que queria ir embora porque tinha esquecido a bolsa. Disse também que precisava pegar alguma coisa lá em cima. Levantou-se com dificuldade e foi andando sozinha em direção ao elevador. Fiquei sem saber o que fazer. Permitir que ela fosse embora? Insistir mais um pouquinho? Uma funcionária se aproximou. A avó deu as mãos a ela e entrou no elevador sem se despedir. Eu fiquei ali, parada, olhando a porta se fechar.

Redemoinho

Certos dias, acontecem reviravoltas. Estávamos sentadas na recepção, quando a avó declarou que queria fazer xixi. Levantamos e caminhamos em direção ao banheiro, mas fomos surpreendidas por uma funcionária, que informou que aquilo não era necessário: *ela está de fralda*. A funcionária não entendeu que aquele gesto tão simples significava *muito* para mim. A avó tinha acabado de lembrar o que fazer quando surge vontade de urinar. A memória operante dela tinha voltado a funcionar. Eu estava ali para presenciar aquele momento de lucidez que deveria ser comemorado. Dias depois, a avó caiu e machucou a testa.

Silêncio

Conversar tornou-se um martírio. Essa ação aparentemente simples envolve uma série de habilidades cognitivas complexas, como atenção, memória, compreensão. Muitas vezes, eu e a avó ficamos em silêncio. Acarinho suas novas mãozinhas, as unhas sem esmalte, o dorso repleto de manchas redondas e marrons, a pele tão fina que parece descolar-se dos ossos.

Plot twist

Enquanto espero a avó descer do seu quarto, mexo no celular. Estou sentada na poltrona de sempre; ao meu lado, duas sacolas de plástico. Aproveito as visitas à avó para fazer compras numa lojinha de produtos naturais que tem ali por perto. Mel, chá de camomila, pé de moleque, granola. Ela surge de braços dados com uma funcionária. As roupas novamente desconjuntadas. A avó abre um sorriso! A funcionária pergunta: *quem é ela*? *É minha neta. Como ela chama? Flávia Helena!*

Memória de elefante

A avó jamais esquecia o aniversário dos parentes.

A vilã

Mariana era o cenário para filmes de época, espécie de cidade cenográfica real com casas e edifícios do século XVIII, ruas de pedra, iluminação antiga, chafarizes e igrejas barrocas. Os produtores de elenco espalhavam a notícia e, rapidamente, dezenas de moradores se voluntariavam para participar como figurantes. Por um dia ou uma noite de trabalho, essas pessoas recebiam um pagamento modesto, lanche e o privilégio de contracenarem com atores de verdade. A avó participou de alguns filmes. Numa cena de *O grande mentecapto* é quase possível vê-la, entre os moradores de uma cidadezinha do interior, defensores da moral e dos bons costumes, perseguir e acusar uma viúva alegre de dormir com a cidade toda.

Auguste

Auguste Deter nasceu em 16 de maio de 1850, na Alemanha. Casou-se com um trabalhador ferroviário e tiveram uma filha. No final de 1890, ela começou a dar sinais de demência. Cozinhar e cuidar da casa se tornaram atividades custosas. Auguste começou a ter problemas para dormir: atravessava a madrugada arrastando um lençol pela casa ou passava horas a fio chorando e gritando. Auguste desconfiava que o marido tinha um caso com a vizinha. Tornou-se obsessiva, paranoica e agressiva. O marido resolveu que era mais simples interná-la e a levou para uma instituição psiquiátrica. Em 1995, pesquisadores encontraram um manuscrito feito pelo dr. Alzheimer. O prontuário tinha 32 páginas e quatro fotografias. Nele, Alzheimer relatava o cotidiano da paciente. De acordo com o médico, Auguste não tinha senso de orientação, confundia o nome dos objetos e dos alimentos, apresentava uma acentuada perda de memória e oscilava entre dias calmos e dias de intensa perturbação mental. O psiquiatra já tinha acompanhado casos de degeneração da memória, mas era a primeira vez que observava essa perda em uma paciente tão jovem. Auguste tinha apenas 51 anos quando foi internada. O médico estava intrigado. Ele acreditava que Auguste padecia de alguma doença do esquecimento, mas que doença era aquela?

Traço

Além de concluir que Auguste não conseguia mais escrever o nome próprio, Alois Alzheimer também relatou que a paciente olhava dentro dos seus olhos e dizia: *eu me perdi de mim mesma.*

Ficção especulativa

Auguste D. pode ter sido vítima de um tipo de violência que as mulheres conseguem reconhecer a séculos de distância. Um marido machista, infiel e autoritário, diante das desconfianças e acusações da esposa, passa a chamá-la de louca e paranoica, até que decide interná-la, à força, numa instituição psiquiátrica.

Epifania

Está tarde e ainda preciso costurar pequenos remendos de chita na calça do meu filho, que amanhã dançará quadrilha na escola; me atrapalho com as linhas, com o minúsculo buraco da agulha, Joaquim me ajuda e, com seus olhos vivos de 6 anos, enfia a linha sem titubear. Eu começo a costurar, não consigo fazer um ponto igual ao outro, o pano enruga, a linha fina demais embola o tempo todo, paro e corto os nós, e toda vez que recomeço, recomeço do lugar errado; no final do primeiro retalho já estou cansada, meu pescoço dói, ainda faltam muitos retalhos, olho para aquele trocinho de pano alinhavado e o desenho da linha é tão torto e falho que parece uma cicatriz, um caminho de rato; cansada, reconheço que todo meu empenho em não me parecer com a avó deu um pouco certo.

Rebeldia

A avó passou os anos 1980 tentando me ensinar tricô, crochê, bordado, mas eu sempre escapava. Quem acabava escutando as reclamações era minha mãe. *Essa menina não quer saber de aprender nada.*

Mãos vazias

No final da vida, a irmã mais velha da avó também passou a viver numa casa de repouso. Um dia, minha tia foi visitá-la e nos contou que, quando estava indo embora, uma funcionária pediu para ela trazer revistas velhas na próxima visita. A moça contou que minha tia-avó passava o tempo inteiro sem fazer nada, parada, olhando para frente. Disse, ainda, que nunca tinha visto uma mulher daquela idade que não sabia fazer nada com as mãos, *nem um crochezinho. Traz umas revistas, assim, pelo menos, ela gasta o tempo rasgando pedaços de papel.*

Mãos cheias

A cena da minha tia-avó, sozinha e velha, rasgando papel me aterrorizou. Nunca aprendi tricô, sou incapaz de costurar um retalho na fantasia de festa junina do meu filho, mas tenho as mãos sempre ocupadas.

Faísca

Quando enfiava a agulha no pano e a puxava do outro lado, a avó pensava em quê?

Debutante

Quando fiz 15 anos, a avó bordou uma colcha para minha cama. Hoje, ela está guardada dentro de um baú na casa dos meus pais. A casa da avó também era cheia de baús. Quando me mudei para Belo Horizonte, não trouxe comigo aquela colcha de mulherzinha, toda bordada com corações cor-de-rosa.

Levante

A avó jamais perdoou minha mãe quando ela aceitou que eu trocasse a sonhada festa de debutantes por um aparelho de som portátil. Trancar a porta do quarto para escutar música sozinha foi uma das minhas primeiras experiências de liberdade.

O caderno proibido

Será que, na sua vida de menina, a avó teve um quarto só seu?

Origem

Os pais da avó eram trabalhadores. A mãe, professora, adorava ler. Próxima da morte, ainda lia de noite na cama, antes de dormir, mesmo com uma das lentes dos óculos quebrada. O pai da avó lidava com a roça. Eles tinham um pequeno pedaço de terra em Pinheiros Altos, onde plantavam feijão e milho e criavam porcos e galinhas. Em 1948, meus bisavós, Benone e Odete, mudaram-se para Mariana. Meu bisavô arrumou emprego na rodoviária da cidade, onde trabalhou até morrer, aos 62 anos. Ninguém sabe direito qual foi a causa da morte. Quando chegaram a Mariana, compraram uma pequena casa. Na nova cidade, os filhos teriam mais chances de prosseguir os estudos e melhorar de vida. A avó tinha 17 anos nessa época, mas não quis saber de estudar e rapidamente arrumou um emprego. Pouco tempo depois, conheceu meu avô e se casou.

Imaginação fértil

Descubro que a avó nunca morou na roça. Ela nasceu, passou a infância e parte da adolescência em uma cidade pequena chamada Pinheiros Altos, distrito do município de Piranga, Zona da Mata mineira. Quando ela dizia que tinha vindo da roça, eu imaginava uma casinha simples, no meio do mato, cercada por árvores, alguns pés de cana-de-açúcar, canteiros de hortaliças, um galinheiro fedorento e duas vacas magras pastando tranquilamente. Eu imaginava um lugar distante de tudo.

Vitrine

Pinheiros Altos definitivamente não era uma roça, mas também não era uma cidade. Na cabeça da avó, cidades são composições de gente e festa, brilho e movimento, carros e lojas. Fundado em 1691, no início do Ciclo do Ouro, o lugarejo possui uma das igrejas mais antigas de Minas Gerais. A matriz de Nossa Senhora da Conceição, entretanto, pouco se assemelha às igrejas barrocas erguidas, anos depois, em diversas cidades mineiras. Falta a essa igrejinha certa opulência, falta, especialmente, luz e ouro. Pinheiros Altos não tinha cinema, clube, praça ou qualquer outro espaço onde a avó pudesse colocar a própria beleza à prova, circular e, assim como uma igreja barroca, ser vista e admirada.

Contraluz

Para alguém que amava Copacabana e Nova York, passeios em shoppings e viagens de navio, aquele lugarejo sem asfalto, cercado de árvores e de silêncio, a 153 quilômetros da capital, era sim uma roça. Em Mariana, a avó encontrou, enfim, o que procurava.

Jardim

Sempre foi difícil convencê-la a ficar dentro de casa, mesmo quando começou a desequilibrar-se do salto, mesmo nas noites geladas de inverno, mesmo com 90 anos, e mesmo com a pandemia. A avó seguia se aprontando para passear no jardim.

M

Aquele tipo de pessoa que faz tudo para agradar ao próximo, mesmo que desagrade a si mesma. A avó nunca foi esse tipo de pessoa. Agora entendo que o egoísmo pode ser uma forma de libertação.

Restos

Imensas copas verdes entrelaçando-se num céu muito azul, um pequeno lago com girinos e peixinhos dourados, o pipoqueiro que vendia beijo quente, cocada e algodão-doce colorido, canteiros de rosas vermelhas e hortênsias lilases, um coreto no centro da praça e as netas, meladas de suor e açúcar, trombando nos casais de namorados.

Ruínas

As coisas deixam de existir não apenas porque o tempo muda nosso olhar e somos incapazes de reviver o irrepetível dos nossos desejos, antes tão concretos – tomar outro sorvete, brincar na rua até escurecer, dormir na casa da avó.

Em Minas Gerais, as coisas também deixam de existir porque são brutalmente destruídas.

Herança

Uma bisavó que amava os livros.

Linhagem

A bisavó, assim como a avó, trabalhou a vida toda. Primeiro, em Pinheiros Altos, depois, em Mariana. Naquela época, não existia licença-maternidade. As mulheres que trabalhavam não podiam fazer o resguardo: nascia um filho e, poucas semanas depois, deviam estar de volta ao trabalho.

Profissão de fé

A avó casou-se com um católico fervoroso. Meu avô era bancário nas horas úteis e sacristão nas horas vagas, um homem que dormia com a chave da igreja embaixo do travesseiro.

Biografema 1

A avó sempre teve uma saúde de ferro, não tinha sequer prisão de ventre.

Doçura

Algum tempo depois da destruição da horta a doença da avó se tornou concreta para mim. Não era mais possível duvidar do diagnóstico. Aquele não havia sido um gesto de maldade, como cheguei a pensar na época, a avó não estava tomada apenas pela raiva ou por seu temperamento voluntarioso e intransigente, mas por uma doença que, ao afetar regiões do cérebro responsáveis pela linguagem, pela cognição e pela memória, provoca curtos-circuitos irreversíveis que embaralham e alteram a percepção da realidade. Lia, a cuidadora, estava certíssima quando escreveu, no Whatsapp da família, que a avó tinha perdido a cabeça. O Alzheimer havia ocupado seu corpo. Senti que cabia a mim – embora ninguém tivesse me pedido para fazer isso – percorrer o trajeto da lucidez ao delírio, tentando compreender, por meio da escrita, quem foi minha avó.

Poucos meses depois do episódio, próximo ao Natal, Lia informou que aquela seria sua última semana de trabalho. Meus tios tentaram encontrar outra profissional, mas era quase impossível arrumar uma cuidadora naquela época do ano. Depois de inúmeras conversas, os filhos decidiram que a solução seria colocá-la numa casa de repouso para idosos. *Existem ótimas opções. Custa uma fortuna, mas ela vai ficar bem assistida.* Essas palavras me causavam certo espanto. Sentindo-se julgada, minha mãe replicou – *leva ela para morar com você, então? Você dá conta?*

A avó se mudou para Belo Horizonte em janeiro de 2022. A casa de repouso fica perto de onde moro, e por causa dessa proximidade comecei a visitá-la com frequência. Na maioria das vezes, vou sozinha, mas numa visita em que fui acompanhada pelo meu filho, que na época tinha 8 anos, aconteceu algo que embaralhou um pouco mais as percepções que eu tinha dela e acendeu, novamente, o desejo de escrever sobre a avó. Meu filho vestia um casaco de moletom com capuz e dois bolsos laterais, onde escondia as mãozinhas. Desobedecendo as regras, levei um chocolatinho de presente pra ela, como modo de escapar um pouco da rigidez dos cardápios saudáveis, balanceados e sem açúcar. A avó adora doce. Uma barrinha não vai matar ninguém, pensei. Quando estávamos nos despedindo, a caminho do elevador, ela enfiou, sorrateiramente, a barrinha de chocolate no bolso do casaco do meu filho, que abriu um sorriso espantado, como se tivesse sido pego em flagrante.

Tirei o chocolate do bolso dele e coloquei de novo na mão da avó. Expliquei, pausadamente: eu trouxe para você. Ela parecia não me escutar e, mais uma vez, enfiou o chocolate no bolso dele. Contei que ele já tinha comido o seu e que não corria o risco de ficar aguado. Nada adiantou. Seguimos alguns minutos nesse teatro de gestos um pouco insólito. Ela colocava o chocolate no bolso dele, eu tirava e dava pra ela, que de novo escondia no bolso dele. Até que ela falou: *Deixa, boba, menino gosta de doce.*

Brinquedos mágicos

Eu estava na oitava série e seguíamos nosso tour literário pelo século XIX. A tarefa do trimestre era ler *A luneta mágica*, de Joaquim Manuel de Macedo, um livro que li bastante contrariada, achando o enredo meio bobo e fantasioso demais. Era 1992 e naquela época eu gostava de livros que retratassem a realidade tal como ela era. Um dos meus autores favoritos era Rubem Fonseca. Curiosamente, é essa historinha fantasiosa que ressurge agora como um facho de luz vindo diretamente do passado para iluminar minha escrita.

O personagem principal, um homem chamado Simplício, sofre de uma miopia severa. É praticamente cego e seu maior sonho é enxergar. Um dia, ele conhece um feiticeiro que promete acabar com a sua cegueira e lhe faz uma lente mágica, uma espécie de monóculo com o qual ele poderá voltar a enxergar. O objeto, porém, tem um defeito. Ao olhar através dele por mais de três minutos, a pessoa veria apenas o lado negativo das coisas. Simplício passa a enxergar, mas sua vida se transforma num inferno. Todos são maus e dissimulados.

Ninguém presta. Torna-se paranoico e solitário, não pode confiar em mais ninguém, vive assombrado pela consciência radical que tem das pessoas. Um dia, ele se cansa de viver assim e num impulso destrói o monóculo.

Tempos depois, o homem se arrepende, volta a sentir vontade de enxergar e, mais uma vez, procura o feiticeiro, que fabrica uma nova lente mágica. Dessa vez, porém, avisa o feiticeiro, o objeto dará apenas a visão do bem e da bondade. Simplício passa a viver uma vida aparentemente perfeita, em que todos são honestos e íntegros. Para ele, ninguém age de forma traiçoeira ou maldosa. Aos poucos, ele percebe que essa vida cor-de-rosa também é uma distorção da realidade. Ele começa a ser enganado, todos abusam da sua boa-fé. Depois de um tempo, decide destruir as lentes mágicas e volta a ficar cego. O fim do personagem é bastante trágico – impedido de ver as pessoas como elas são, simultaneamente luz e sombra, um pêndulo entre a bondade e a maldade, Simplício se mata.

Durante muitos anos, padeci do mesmo mal que atingia o personagem da *Luneta mágica*.

Na adolescência, comecei a enxergar a avó apenas com a lente que registrava seu lado negativo, os comentários maldosos, a vaidade excessiva, os diferentes tipos de preconceito, sua mania de ostentação. De certo modo, eu me tornei cega para todos os outros gestos de carinho que ela continuava fazendo. Até começar a escrever este texto, eu não conseguia compreender as nuances de uma personalidade tão ambivalente. Existe algo de radical na adolescência e talvez seja mesmo um momento de grandes rupturas. Se na infância idealizamos os adultos, à medida que vamos crescendo começamos a medi-los com uma régua impiedosa que, assim como a idealização, também não dá conta da complexidade humana.

Meus juízos de valor a respeito da avó eram produto da minha incapacidade de captar suas múltiplas refrações de luz e sombra. Uma mulher um pouco vilã e um pouco heroína. A dificuldade que eu tinha de conviver com suas ambivalências era uma forma de negar as minhas próprias. A avó era capaz de gestos de maldade e gestos de ternura, e isso sempre me confundiu, porque sempre me custou aceitar que as pessoas são, simultaneamente, cheias de erros e de qualidades, e que o humano é exatamente essa figura que vaga entre esses dois polos.

Cacos

Talvez o objeto ótico que mais se aproxime da personalidade da avó seja o caleidoscópio. Feito com pedacinhos de vidro colorido, o dispositivo é formado por três espelhos em forma de prisma que através do reflexo da luz produzem diferentes combinações visuais. Como metáfora, o caleidoscópio nos convida a olhar e a fantasiar. Por meio desses três espelhos, podemos escapar da lógica binária do bem e do mal e ver uma figura se multiplicar em novas e renovadas formas, sempre diferentes de si mesmas.

O caleidoscópio é, ainda, a imagem de uma escrita que busca, a partir de cada pedacinho da memória, recompor não uma imagem total, mas uma imagem levemente distorcida. Sei que a representação que estou criando dela – ao reconstruí-la a partir das palavras e da memória – é parcial e instável, totalmente contaminada pelo meu imaginário e pelos diferentes graus de ficção que existem atrás de cada palavra. Se existe um objeto verdadeiramente mágico, este objeto é a escrita e sua lógica encantada capaz de me mostrar o que sozinha eu não conseguia enxergar.

Arroz-doce com canela

Quanto mais avanço na trama da nossa vida em comum, fica mais fácil escutar sua voz me dizendo: *anda, Flavinha, vou te levar para casa.*

Veneno

Meu avô era um marido desconfiado, ciumento e controlador. Ele brigava com a avó por causa do tamanho da saia ou da cor do batom. Não admitia que sua esposa gostasse de festas, da noite, da rua, de dançar. A avó não apenas não acatava as ordens do marido, como o confrontava. Batia o pé e dizia: *ninguém manda em mim*. Nunca trocou de saia, jamais tirou o batom vermelho, seguia se arrumando todas as noites para passear no jardim ou dançar no Marianense. As brigas eram constantes e intensas. Penso que os filhos assimilavam aqueles xingamentos e ofensas sem perceber que eram fruto do controle, do machismo e de um temor bastante comum: o medo de ficar malfalado. A maledicência do povo é um veneno poderoso. Na década de 1950, em Mariana, uma mulher que se sabia bonita e exibia sua beleza com uma desinibição incomum era alvo de toda sorte de boatos e fofocas.

Capitu

Toda mulher é um pouco fora da lei.

Biografema 2

Descubro que quando viajou para a Itália, a avó escreveu um diário e que ela era completamente apaixonada pela lua.

Radionovela

Talvez a avó sonhasse com amores platônicos enquanto escutava Julio Iglesias ou Roberto Carlos, enquanto cuidava dos filhos pequenos e preparava, todas as noites, depois de trabalhar o dia inteiro, o jantar da família.

Um falcão no punho

Lê-se num livro da escritora Maria Gabriela Llansol que escrever não consiste em buscar a verdade, mas interrogá-la.

Paixão

Na fase de vacas magras, quando meu avô foi afastado do trabalho no banco e o orçamento familiar viu-se drasticamente reduzido, a avó começou a costurar os próprios vestidos. Inspirava-se nas revistas de moda e chegou a fazer um vestido por semana. Ela tinha como princípio jamais repetir roupa.

Escarlate

Um dos passatempos favoritos da avó era fazer compras. Era capaz de andar o dia inteiro atrás de uma roupa. Alguns anos atrás, num cruzeiro que fez pelo Nordeste, o comandante pediu aos passageiros que comparecessem ao próximo baile vestindo uma das cores da bandeira italiana: branco, verde ou vermelho. Vermelho era a cor favorita da avó, mas todos os seus modelitos cor de sangue já tinham sido usados. Aproveitou que o navio atracaria por algumas horas em Ilhéus. Mesmo que estivesse curiosa para conhecer o famoso bar Vesúvio, separou-se do filho e bateu pernas até encontrar, numa lojinha, um vestido vermelho. No pendrive que meu tio me passou com todas as fotos que a avó publicava no Facebook, é possível vê-la de braços dados com o comandante do navio, ar altivo, trajando um vestido justo e vermelho com uma enorme fenda na coxa direita.

My favorite things

A avó amava o gerânio, a lua cheia e o mar.

Figurante

Em 1971, Eliane Guimarães, uma moça nascida em Mariana, tornou-se Miss Brasil. A cidade preparou uma festa para receber a ilustre conterrânea. O prefeito convocou a avó e pediu que ela organizasse o cerimonial de boas-vindas. A avó alugou um caminhão, escondeu toda a carroceria com tules coloridos e, na parte que separa a boleia da cabine do motorista, improvisou um grande arco que enfeitou com pisca-piscas e flores de papel crepom. Nesse dia, a avó desfilou, ao lado da Miss, em carro aberto pelas ruas da cidade.

Sobre fotos ruins

Meu tio coloca o pendrive dentro de um saquinho preto de veludo como aqueles usados para guardar joias. Levo o objeto para casa. Ao abri-lo, encontro diversas pastas: Baile à Fantasia, Carnaval 2012, Europa, Semana Santa, Férias, Natal 2014. Começo a vasculhar uma por uma, são centenas de fotos de viagens: Paris, Madri, Lisboa, Brasília, Lavras Novas, Queluzito, Buenos Aires, Rio de Janeiro, São Paulo. Quando esteve em Nova York, em 2012, visitou o Museu de Cera e tirou fotos ao lado de Lady Di e Marilyn Monroe. Existem também fotos da avó na piscina do Marianense; ao lado de um bezerro, no curral do sítio de uma das minhas tias; em frente à Praça dos Três Poderes, em Brasília; no Parque Ibirapuera, em São Paulo; posando com um dançarino de tango, em Buenos Aires; segurando uma taça de vinho em algum restaurante; dezenas de fotos dela de biquíni; dezenas de fotos da lua, atrás das nuvens, ao lado dos sinos da Igreja do Carmo; dezenas de fotos dos vasinhos de gerânio na sacada do quarto dela. Os ângulos, as paisagens, os enquadramentos e as poses se repetem exaustivamente. São fotografias amadoras, muitas vezes sem foco, restos de objetos mal fotografados. Vistas assim, em conjunto, uma depois da outra, sem nenhum procedimento capaz de destacá-las e de confrontá-las, as imagens da avó são apenas fotos ruins.

Arapuca

O primeiro emprego da avó foi aos 16 anos, no cartório da sua cidade natal. Ela era uma exímia datilógrafa. Quando se mudou para Mariana, trabalhou na Companhia Minas da Passagem como recepcionista, até 1951, quando se casou. O marido declarou que, a partir daquele momento, ela não precisava mais trabalhar. Nos primeiros anos, a avó chegou a acreditar que tinha feito um bom negócio. Os filhos começaram a nascer e ela foi se sentindo desamparada, sobrecarregada, refém de uma grande armadilha chamada casamento.

Feminista

Em 1960, a avó decidiu que não teria mais filhos e voltou a trabalhar. Acordava cedo, se arrumava impecavelmente, preparava o café do marido e dos filhos e corria para o posto de saúde. Passava o dia datilografando cartões de vacina, transcrevendo receitas e conferindo se as pessoas estavam seguindo as recomendações médicas. Na hora do almoço, voltava para casa correndo e, enquanto preparava a comida, ajudava os filhos com o dever de casa. Trabalhou trinta anos no posto. Diariamente, lidava com pessoas que tinham hanseníase, pneumonia, tuberculose. Nunca teve medo de doença contagiosa – tinha pavor era de ficar trancada o dia inteiro dentro de casa, cuidando só de menino e esperando alguma coisa acontecer.

Diva

Deitada na espreguiçadeira da casa do meu tio, em frente à piscina, ela está descalça, as unhas dos pés pintadas de vermelho. Óculos escuros, um vestido preto um pouco acima do joelho. Numa das mãos, ela segura uma taça de espumante, joga a cabeça para trás e os ombros para frente, imitando as poses das atrizes de cinema. Ela ri. Nessa foto, ela tem 86 anos. Lembro-me vagamente daquele dia. Eu tinha levado o tablet para fotografar meu filho, que estava começando a andar. Ela pediu que tirasse uma foto dela. Durante todos esses anos, eu pensei que aquela encenação era apenas uma brincadeira, um delírio de grandeza, excesso de narcisismo. Vovó fingindo-se rica e exuberante enquanto toma espumante na piscina. Agora entendo que foi tudo verdade.

Agradecimentos

Agradeço a leitura carinhosa e atenta de tantas pessoas queridas, como Ieda Magri, Carina Gonçalves, Carolina Junqueira, Frederico Pessoa, Danielle Magalhães, Paloma Vidal, Daniela Feriani, Laura Cohen, Lenise Regina, Paula Gontijo, Thadeu Santos e Sofia Mariuti. Agradeço, especialmente, a Júlia Arantes, amiga que me ajudou a sustentar as mãos e a escrita durante os vários momentos em que duvidei se seria capaz de escrever este livro.

Sobre a autora

Flávia Péret é escritora, professora de criação literária e pesquisadora feminista independente. Mestre em teoria da literatura e doutora em educação pela UFMG, desde 2019 integra o coletivo artístico Em Obras – Ciclo de Palestras Performáticas. Produz trabalhos que desdobram a experiência literária em diferentes plataformas, como a rua, os sites de escrita algorítmica e a palestra-performance. Publicou os livros *Imprensa gay no Brasil* (Publifolha, 2011), *10 poemas de amor e de susto* (Edição da autora, 2017), *Uma mulher* (Estúdio Guayabo, 2017), *Os patos* (Impressões de Minas, 2018), *Mulher-bomba* (Urutau, 2019) e *Instruções para montar mapas, cidades e quebra-cabeças* (Estúdio Guayabo, 2021).

© Flávia Péret, 2025
© Relicário Edições, 2025

Dados Internacionais de Catalogação na Publicação (CIP) de acordo com ISBD

P437c
Péret, Flávia

Coisas presentes demais / Flávia Péret. – Belo Horizonte: Relicário, 2025.
188 p. ; 13 x 19cm.

ISBN: 978-65-5090-022-9

1. Literatura brasileira. 2. Ficção brasileira. 3. Memória autobiográfica. 4. Alzheimer, Doença de. I. Título.

CDD: B869
CDU: 82

Elaborado pelo bibliotecário Tiago Carneiro – CRB-6/3279

Coordenação editorial: Maíra Nassif
Editor-assistente: Thiago Landi
Capa e projeto gráfico: Tamires Mazzo
Imagem de capa: Acervo pessoal da autora
Diagramação: Cumbuca Studio
Preparação: Ambuá
Revisão: Thiago Landi

/re.li.cá rio/

Rua Machado, 155, casa 4, Colégio Batista | Belo Horizonte, MG, 31110-080
contato@relicarioedicoes.com | www.relicarioedicoes.com
@relicarioedicoes relicario.edicoes

1ª EDIÇÃO [OUTONO DE 2025]

ESTA OBRA FOI COMPOSTA EM
TIMES NEW ROMAN E ACUMIN VARIABLE
E IMPRESSA EM PAPEL IVORY 65 G/M²
PARA A RELICÁRIO EDIÇÕES.